Abseits der Eitelkeiten

Abseits der Eitelkeiten

Poetische Texte
gesammelt und herausgegeben von
Kristiane Allert-Wybranietz

mit Illustrationen von
Sylvia von Braun
Ulrike Heyne
Solveig Ullrich

WILHELM HEYNE VERLAG
MÜNCHEN

Band-Nr. 40/15

3. Auflage

Printed in Germany 1988
Umschlagzeichnung: Sylvia von Braun, München
Umschlaggestaltung: Atelier Ingrid Schütz, München
Satz: Partner Satz, Ingolstadt
Druck und Bindung: Mohndruck Graphische Betriebe GmbH, Gütersloh

ISBN 3-453-00020-X

VORWORT

In diesem Buch finden Sie außer dem Titelgedicht keinen Text aus meiner Feder, sondern gesammelte Gedichte, die mir begegneten, die mich ansprachen.

Schon lange war es mein Wunsch, eine Sammlung von Gedichten herauszugeben.

Dies zum einen, weil ich glaube, daß das Gedicht in dieser Zeit eine wichtige Funktion haben kann. Ein Gedicht beinhaltet Besinnliches ebenso wie Aufrüttelndes. Ein Gedicht kann trösten, Mut machen, es kann gegen die Gleichgültigkeit Sturm laufen oder ganz sanft frischen Wind wehen lassen... es kann noch mehr... man muß ihm nur die Chance geben, wirken zu können.

Eine besondere Freude ist es mir andererseits, daß ich den Autoren mit diesem Sammelband ein Forum bieten kann, in dem sie sich und ihre Arbeiten vorstellen können.

Eine besondere Freude ist es mir deshalb, weil ich aus meiner langjährigen Arbeit als Autorin weiß, wieviele Menschen schreiben und wie schwer es ist, Öffentlichkeit überhaupt zu erreichen.

Um keine Wertung vorzunehmen, habe ich die Autoren in alphabetischer Reihenfolge aufgeführt.

Ihnen, lieber Leser, wünsche ich, daß Sie Muße finden, sich von den Texten ansprechen, anregen und berühren zu lassen.

Kristiane Allert-Wybranietz

KRISTIANE ALLERT-WYBRANIETZ

Abseits der Eitelkeiten

– fallen die Fassaden
– werden Masken abgenommen
– zählen Statussymbole nichts
– können wir Beachtung nicht kaufen
– kommen wir uns wieder näher.

Abseits der Eitelkeiten
wärmt uns das Feuer
der Mitmenschlichkeit.

KARL-HEINZ ALBERS

Nach langer Zeit
sah ich ihn wieder.
Entehrt, enthoben
seines Amtes,
ein Schatten nur
von dem, was er
doch einstmals war.
Durch seine
eigne Schuld?
Man hört auch
von Intrigen.
Und gerade die,
die seine Schuld
nun wiegen,
war'n seine Freunde,
als er mächtig war.
Verachtet nun,
kaum einer
grüßt ihn noch.
Kaum jemand
kennt ihn mehr.
Sein Los ist schwer,
er muß es
ständig tragen.
Ist's denn so schwer,
ihm freundlich
Guten Tag
zu sagen?

Zurück an Absender

Du hast
Deine Adresse mit
drei Linien ausgestrichen.
Darunter steht:
»Zurück an Absender«.

Zum wievielten Male?

Du hast
meine Adresse auf
den Umschlag geschrieben.

Zum wievielten Male?

Darunter steht nichts,
aber
so bekomme ich
doch immer
Post von Dir.

Und vorn
auf dem Umschlag,
von der Post aufgestempelt,
lese ich:

POST, DAMIT SIE
IN VERBINDUNG BLEIBEN!

Alte Mauern

Wenn alte Mauern
mit uns
reden könnten,
erzählen würden sie,
wie doch
vor langer Zeit
es auch schon
Menschen gab,
die dachten,
daß sie
schweigen müßten.
Die nicht mehr
sprachen,
nicht mehr
fühlten,
fast genau
wie wir.

Ich hör vom Turm
die helle
Glocke läuten,
vor mir der Fluß,
der schon seit
tausend Jahren fließt.

Wenn alte Mauern
mit uns
reden könnten,
uns alles
sagen könnten,
uns alles
sagen würden,
was sie wüßten?

Ein alter Mann
kam gerade,
setzt sich still
auf eine Bank
bei mir.
Er sprach zuerst,
als ob's
die Mauern wären.
Er spricht
mit allen Leuten,
die, jetzt abends,
hier vorübergehn.

Nur ein paar Worte:

Freundlichkeit
und
Liebe.

Ach, könnten wir
die alten Mauern
nur verstehn.

ROLAND ARNDT

Den Finger auf der Landkarte meines
Optimismus', durchlebe ich die
Vorfreude der anstehenden Reise
in die Selbsterkenntnis.

Küsten der Wünsche,
Berge der Höhepunkte,
Täler im Tief,
Möwen der Freiheit.

Sobald ich den Ausflug der
Vergangenheit schenke, will ich
Dir Partner für's Leben sein.

Nach dem Verlassen der
Einsamkeit passiere ich die
Menschenscheu, die
Schüchternheit und angestauten
Hemmungen.

Der Hoffnungsschimmer stellt
mir den guten
Willen vor, macht mich mit einigen
netten Gesten und vertrauensvollen
Versuchen bekannt.

Sie schließen sich
mir an und führen mich in einem
Triumphzug durch die positiven
Erlebnisse zum
Verständnis.

Endlich zu Hause.

EGON C. A. BARTH

Die ...chen...chen!

Zuerst gab es die
Fäustchen,
dann die Faustkeilchen,
Keulchen,
Speerchen,
Schleuderchen,
Pfeilchen und Bögelchen,
Schwertchen,
Dolchchen,
Pülverchen,
Bleikügelchen,
Musketchen,
Pistölchen,
Feuerschlängchen,
Mörserchen,
Kanönchen,
Gewehrchen,
MPi-chen,
MGe-chen,
Stalinörgelchen,
Raketchen,
Mißverständnischen,
Streitchen,
Kriegchen,
Atombömbchen,
das Weltendchen,
Und nun?
Im Himmelchen,
im Höllchen?
Das war das Endchen!
Das Ende unseres Planeten;
das Ende der Angst!

Die Toten klagen an

Die Toten klagen an.
Die Toten,
die sinnlos zum Sterben befohlen.
Verbrecherischer Wahnsinn
brachte sie als Opfer
in vielen Schlachten
ihrer Machtgier dar.
Hört ihr die Stimmen
der Toten?
Ihr hört sie nicht,
die ihr jenen das Leben dankt.
Hört ihr die Klage der Toten?
Ihr hört sie nicht;
die ihr taub, in eurer Angst.
So hört doch die Mahnung.
Habt den Mut,
zerbrecht die Waffen.

HANS-JOACHIM BERGMANN

Wallfahrt nach Amsterdam

Einmal im Leben den schwarzen Stein in Mekka
umlatschen
oder die Birne an die Mauern Jerusalems schlagen
dem Papst auf dem Petersplatz die Zehennägel küssen
oder den heiligen Phallus in Kaschmir noch lebend
erreichen:
Ziele der Pilger dieser Welt.
Ich aber pilgerte in die Niederlande
exakt: In die City von Amsterdam
Denn dort waren die Tempel der Hippies
Ich kam sah verschwand in der Menge
und ich verstand ihre Sprache nicht
Ich erblickte Zeichen an Wänden auf Straßen
ich merkte mir alles begriff aber nichts
Ich notierte tief in mir meine Erkenntnis
in meinem Stolz verletzt und in entsetzlicher Trauer:

Die Pilger am Dam am Leijdseplein im Red Light
District
waren nichts weiter denn Touristen in Sachen Drogen
waren geil auf Glimmer Glitzer Pulver Pillen
Päpste der Nadel ließen sich die Stiefel lecken
Priester der Pfeife füllten hohle Köpfe ab
Manch einer der Jofels aus Deutschland stand leer
ausgebrannt und kotzte ihnen in ihre Prinzengracht
In meinen Ohren klingt immer noch hämisches
Lachen
wie sie sich ergötzten über die dümmlichen Sauer-
krauts
Die kauften und kauften billige Shilums und
Bändchen
als wären das Stückchen vom Steine der Weisen!

WOLFGANG BERNHARD

Selbstverantwortung

Meine Angst
vor den mir fernen Menschen
ist meine Angst
vor mir selbst.
Ich mißtraue ihnen,
weil ich mir selbst
mißtraue,
und ihre angebliche Stärke
beruht nur
auf meiner Furcht
vor mir selbst.
Meine Sehnsucht nach ihnen
und ihrer Wärme
ist meine Sehnsucht
nach mir selbst.
Der Weg zu ihnen führt,
das spüre ich,
nur
über mich selbst.

Programmiert

Man hat mich
damals
nicht
auf Erfolg
programmiert,
darum sind mir
heute
die Niederlagen
immer noch
so vertraut.

Versager

In deinen Augen
bin ich vielleicht ein Versager,
aber ich habe deine Seele gesucht,
und da ich sie
nicht finden konnte,
blieb mir auch
dein schöner Körper
fremd.

IRIS IRA BÖTTCHER

Tatsachen

Ich beiße in einen Apfel
und höre im Radio,
daß man ihn schälen soll,
weil die Schale zuviel Gift enthält.

Ich sitze an meinem Schreibtisch
und lese in der Zeitung,
daß Formaldehyd nicht nur Kopfschmerzen,
sondern auch Krebs verursacht.

Ich trinke Wasser
und sehe im Fernsehen,
daß der Nitratgehalt im Wasser so hoch sein kann,
daß Babys davon sterben.

Ich demonstriere gegen Umweltzerstörung
und sehe,
daß der Demonstrant vor mir seine leere Cola-Dose
auf die Straße fallen läßt.

LYDIA BOISON

Ich will Dich glücklich machen;
Du willst mich glücklich machen.

Du, laß uns erst einmal versuchen,
uns auszuhalten, Du.

Kurz gesagt

Röter
Blauer
Grüner
Gelber
Violetter

sind die Dinge,
seitdem es Dich gibt.

Herz auf (an) der Leine
Für Matthias!

Ich wasche mein Herz in der
Waschmaschine – im Schongang,
hänge es auf die Leine,
klammere es dort
und lasse es bescheinen von der Sonne,
lasse den Wind es durchpusten
und den Regen es durchnässen,
damit es besser schlagen kann – für Dich.

FRITZ DEPPERT

Krieg Krieg

Krieg Krieg,
spielst du schon wieder Krieg
im Sandkasten,
auf dem Reißbrett,
im Wehrkundeseminar;
weißt du nicht, was das ist?
Krieg Krieg
ist mehr als das,
was du dir an Qualen und Todesarten
ausdenken kannst.
Dein Großvater starb daran,
und es war schlimmer als Krebs.
Und denen, die ihn überlebten
wie ich, dein Vater,
waren die Tränensäcke ausgebrannt
und die Lachmuskeln zerschnitten.
Krieg Krieg,
du sollst nicht
mit dem Gedanken spielen,
schäme dich,
daß du das Wort kennst
und aussprechen kannst,
ohne daß die Herzwand reißt.
Krieg Krieg,
zwinge deine Gedanken,
sich ihm zu verweigern,
lehre sie Frieden sagen.

BRUNO DONUS

Majestätsbeleidigung

Hocherhobenen Hauptes
schritt der Roman
die Bestsellertreppe herunter.
Auf der letzten Stufe
stolperte er und fiel
vor den Augen
des hochkarätigen Auditoriums
auf die Nase.

Aus der letzten Reihe
hörte man das Kichern
dieses winzigen Gedichtes.

PETER FRÖMMIG

Man schule das Auge

Was sind Weltbilder mehr als Fassaden,
Metropolen, von Reisegesellschaften begafft.
Weit, weit nach hinten hat sich Leben verkrochen,
nicht erfaßbar von Statistiken,
unerreichbar von öffentlicher Hand.
Man schule das Auge für Risse, für Ausblick.

Rhythmus der Stadt

Ampel auf Rot, sogleich ist es still –
lauernde Stille vorm Sprung ins feurige Grün.
Im Schatten des Lärms, in der Glut
pulsiert der Rhythmus der Stadt, kursiert
der flatternde Schritt, schwankt die Hand
zwischen Zärtlichkeit und Totschlag.

Prothese und Torso

Aus dem großen Maul der Städte
ziehen Planer bedenkenlos Häuser wie Zähne.
Genau betrachtet, bestehen die meisten
Städte aus Kronen und Brücken,
und manche Siedlungen grinsen uns höhnisch an
wie Gebisse ohne Mund und Gesicht.

WERNER GAEDE

Lied für den November

Sie haben sich tot oder lahm geschossen.
Kreuze bis zum Horizont.
Wie lang ist es her?
Ich war auch dabei.
Ich weiß es nicht mehr.

Wir haben die Trümmer weggeräumt
und haben von Zukunft geträumt.
Wie lang ist es her? Ich hab' auch gehofft.
Ich weiß es kaum mehr.

Dunkelt das Jahr, werden Blumen gehäuft.
Ich seh euch noch lebend.
Wie lang ist es her?
Und sah euch nie mehr.

Was ich heute schaue,
die Erde als Grab.
Noch ist es leer.
Ich schließe die Augen
und denke nicht mehr.

Nachgedichte

Kein Weltsturm der Empörung gegen Wahnwitz.
Nächtliche Ängste gebären nur Träume.
Im Tagwerk vergessen, daß irgendwo
hinter Mauern des Schweigens der Zunder sich häuft.

Der Zauberlehrling hat keinen Meister,
und du, ich, wir alle haben nur einen Wunsch:
davonzukommen.
Aber was dann?

Heute

Kind spiele und lache.
Deine Mutter war
guter Hoffnung.
Wirf deinen Ball
hoch in die Luft.
Dein Vater baut an Raketen,
die höher fliegen.
Es ist sein Vermächtnis
auch für dich.

Zustandsbericht

Biedermänner diesseits und jenseits
haben des andern Potential im Visier.
Wie Kinder mit Klötzen bauen,
will jeder von ihnen höher hinaus,
eigne Macht vor dem anderen zu schützen.

Sie haben einen Draht gezogen,
den anderen fernschriftlich zu ersuchen,
das Spiel nicht mit einem Effekt zu beenden,
beide die Lunte in der Hand.

Sie senden Experten an dritte Orte,
ein Limit zu zerreden für beide Türme
angesichts der Bangnis auf Erden.
Doch ihre Planung weist ins All.

Große Zeit für Pathetik
wider Menschheitsbedrohung,
nach Terminkalender Sollerfüllung
der Moralbeschwörung.

Wo dem Marsch von Protest
die Straße geöffnet ist,
ziehen Menschenhaufen
mit Spruchband und lautstark,
gehn' wieder nach Hause
bis zum nächsten Protest.

Biedermänner versichern,
als ob Gespaltene den Globus regieren,
für das Heil aller Kreatur dem Frieden zu dienen,
zugleich sich brüstend,
mit stärkerer Sprengkraft
dem andern notfalls
das Fell zu gerben.

REINER GÖDTEL

So tun, als brauche man keine
Orientierungshilfe,
als brauche man niemand,
der auf einen wartet,
der sich freut,
wenn man nach Hause kommt.

So tun, als habe man keine Depressionen,
als mache es nichts aus, allein zu sein,
als brauche man sich nicht auszusprechen,
als verzichte man auf Liebe, Kinder und die
Familie.

So tun, als könne man sich lässig entspannt
am Heiligen Abend auf einen Hocker stellen
und die leere Wohnung tapezieren,
ohne geheimes Verlangen.

Ich vermesse dein Gesicht
von Träne zu Träne.
Tausend Vasarélys in deinen Augen.
Tusche verhindert das Erröten deiner Wangen.
Endlich weißt du,
daß du nicht mehr geliebt wirst.
Gegen Abend wirst du betrunken sein,
und niemand behütet dich.
Niemand weint mit dir.
(Die Einbahnstraße bist du gefahren.)

Taub vom Lärmen
deines zungenfertigen Schwätzers,
vermagst du nicht die Musik
des sich fügenden Morgens zu hören.

Blind vom Zucken
des Nachtlichts,
siehst du nicht
den sich lösenden Nebel.

Dein von Abgasen
zerstörter Geruchsinn
riecht keine sich fortpflanzenden Maulwurfhügel
im frisch gemähten Gras.

Deine schnapsgeätzte Zunge
schmeckt keine Morgenwolken,
die durch den Himmel fallen.

HORST GRASSHOFF

Liebe Deinen Nächsten

Wer sind die mir Nächsten?
Nicht jene sind es,
deren Selbstzufriedenheit
Fessel geworden ist.
Jene nicht,
die nur den Wegweisern
ihrer Vorteile folgen.
Auch nicht jene,
deren Anpassungsfähigkeit
die gefügige Masse zeugt.
Nah sind mir alle,
die blutig sich stoßen am Leben,
weil Widerstände sie nicht scheuen,
und menschlich es zu formen;
sie sich mühen.
So sind Nächste mir
nur wenige. –
Aber: Ich bin nicht allein!

Illúsions Perdues

Verlorene Illusionen
sind gewonnene Klarheiten.
Sind schmerzend-notwendige Abschnitte
auf dem Weg
zu uns.
Den gehen wir
und deutlich wird:
Verlust kann zuweilen Gewinn sein.

CHRISTEL HERZHÄUSER

Sie hat die Geschmeidigkeit
die kalte glatte Schönheit
einer schillernden Schlange –
Sie hypnotisiert dich –
hat dich im Würgegriff –
Du bist ihr ausgeliefert –
Du ahnst sie nicht
sie ist allgegenwärtig –
Du weißt nicht
ob
wann
sie zupackt –
Mit tausend Armen

gierigen Mündern
versteckt hinter Lächeln
falschen Blicken
Heuchelei –
Ein beifälliges Raunen
geht durch den Mitmenschenwald
wenn sie hier und dort
– geschickt – zuschlägt.
Schuld ist ihr nicht nachzuweisen
wenn du auf der Strecke bleibst.
Lächelnd sucht sie ihr nächstes Opfer
und ist sich der Mithilfe vieler gewiß.

Ihr Name ist Fama –
das Gerücht.

Es ist die Zeit
die Seelen aufzutauen
auf den Gletschern Feuer zu zünden
und zu sagen
schlage Deine Zelte auf
neben meinen
weide Deine Tiere
in meiner Flur
Laß' endlich
vereint
die Feuer himmelwärts
lohen.

S.v.B.

Eingespannt in Arbeit.
Gedanken –
gezwungen in vorgeschriebene Bahnen
entwischen mir doch ab und zu –
und schlagen einfach
ein paar
lustige
glückliche
Purzelbäume

Die Notbremse
habe ich oft gezogen
mich entgegengestellt
Dir, Deiner Zärtlichkeit
Deiner Nähe
Deiner Liebe.

Verdammt
irgendwann waren die Bremsbeläge abgenutzt
und ich bin voll abgefahren auf Dich.

PETER HETZLER

aphorismen 11

der fortschritt
schreitet
mit großen schritten fort

die affen
springen von den bäumen
schnappen sich ihre krücken
humpeln hinterher
und versuchen pausenlos
ihn einzuholen

dunkelheit

tausend mal
bin ich bereits
gestorben
nichts
schien mir der tod
mehr anhaben zu können

aber wieder
sterbe ich
und erneut
gerate ich in jenen strudel
der auflösenden gedanken und gefühle
der mich ohnmächtig macht
und ich wünsche mich
tausend lichtjahre von mir weg

hilflos und wehrlos
muß ich mein chaos erdulden
ich weiß nicht
was in mir passiert

nichts
hat mehr gültigkeit

HANS-DIETER HORMANN

Wie ein welker Blumenstrauß –
sieht so
eines Tages
unsere Liebe aus?
Wo ist dann unsere Kraft geblieben?
Verschenkten wir sie
an unsere jungen Triebe?

Sollten wir nicht lieber,
als alle Kraft zu verschenken
mal an unsere
eigenen
Knospen denken?
Was nützt denn noch der schönste Trieb,
wenn von der Wurzel
nichts mehr übrig blieb!

Als Kind
wurde dir alles vorgemacht,
was du in jungen Jahren
hast nachgemacht.

Später,
als du das Erste
hast selbst vollbracht,
wurdest du oft ausgelacht!

Heute
wirst du nicht mehr ausgelacht.

Aber du hast auch schon lange
nichts mehr selbst gemacht!

MAX HUBER

Ein Blatt

Ein grünes Blatt
verkroch sich,
weil es Angst hatte
vor dem Licht.
Doch als die Herbstsonne
es ertappte,
riß es weit
seine Poren auf
und erstrahlte
in all den Farben,
die es das ganze Jahre
über
versäumt hatte.

Die Hecke

Du warst mir unsympathisch
mit deinen vielen Dornen,
bis ich erkannte,
daß deine Stacheln
bloß ein Schutz
für deine innere Verletzlichkeit sind.

Wahrheiten

Ich wandere durch die Welt
und frage.
Doch jeder gibt mir
eine andere Antwort.
Erst, als ich glaube,
daß alle lügen,
komm' ich drauf,
daß jeder auf seine Weise
recht hat,
und ich baue
alle Wahrheiten zusammen
und bastle mir daraus
meine eigene Antwort.

WERNER KLEINHARDT

Ein Wanderer

In deutsche Lande kam ein Wanderer
und fragte den ersten Eckensteher:
– »Wo ruht des Deutschen Seele?«
– »Hat sich mir noch nicht vorgestellt,
aber ich würde sagen, im deutschen Bier,
da finden Sie vielleicht die Seele,« sagte
der Mann und gönnte sich einen Schluck.

Ein distinguierter Herr aber antwortete:
– »In unserer Gründlichkeit, im Ordnungssinn,
in unserer Tüchtigkeit lebt unsere Seele!«
Eine modische Dame sagte dann schnippisch:
– »Die Seele ist weiblich, stimmt's?
In der deutschen Frau ruht die Seele,
wo denn sonst, sie komischer Vogel!«
Ein ergrauter Monsignore ermahnte:
– »Das ist eine böse Frage, wissen Sie!
Wann haben Sie das letzte Mal gebeichtet?«
Einer, der wie ein Philosoph aussah
und es irgendwo auch war, dozierte:
– »So einfach können Sie das nicht erfragen!
Wir müßten erst mal einige Begriffe klären!«
Schließlich fragte der Wanderer einen
bettelnden Clown, der am Bahnhof hockte.
– »Sie sind der erste, der nach der Seele
fragt,« sagte leise der Clown und winkte
dem Wanderer, daß er sich näher beuge:
»Des Deutschen Seele starb im Überfluß!«

Wanderer, kommst du wieder in
deutsche Lande, so vergiß nicht,
wieder nach der Seele zu fragen.

REGINA KOLLER

Zerstört

Auf ungesagte
Worte gebaut
Gefühle auf
den Boden gelegt
Träume an
die Wand tapeziert
Hoffnungen in
das Zimmer gestellt
darauf herumgetrampelt
herunter gerissen
darüber gestolpert
und draußen
scheint die Sonne.

HEINZ KÖRTNER

Ich
bin wie ein
Pfeil im Flug
und habe das Ziel nicht gewählt. –
Nun quält
mich
der Schrecken, es sei nicht genug,
eines fremden Schützen Geschoß zu sein.

Wohl verstehen
die
meisten, wie
sehr
es uns quält, nicht im voraus zu wissen, wohin
wir gehen. –
Doch ich fürchte mehr,
daß ich jetzt nicht weiß, wo ich bin.

Meine
Mutter hat sicher die Brote in
zu kleine
Stücke geschnitten. – Nun bin
ich
zu schlucken, doch wenig zu beißen gewohnt
und habe vergeblich
die eigenen Zähne geschont.

Wehe denen, die immer
geschont
sind und haben es nicht
gewußt,
weil der Schimmer
der Lust
zu zerstören, zugleich mit dem Irrlicht
der Schuld in verzärtelten Herzen wohnt.

Wir wissen von allem genug
und sind
dennoch zuletzt wie ein Kind
überrascht,
das im Spiel nach dem Schmetterling hascht
und ihn niemals zu fangen meint
und danach in das Dunkel der Hände weint,
deren Schlag ihn zerdrückte im Flug.

Manchmal müht sich ein Käfer in zappelnder Hast,
trotz der blinden,
von Pollen verklebten Augen den Weg aus
der Fülle
der Blütenblätter der Rose zu finden...,
und schläft in der seidenen Hülle
ein... wie im Wirtshaus
ein trunkener Gast.

Man hört nicht im Frühling die
Blüten sich freuen und nicht, wie
fallende Blätter klagen
im Herbst. – Aber uns bleibt
gewährt oder aufgegeben,
durch Hoffnung und Angst uns hindurchzufragen,
solange wir leben,
wohin uns Gesetz oder Zufall treibt.

Niemand kann
nehmen, als wäre ihm nicht gegeben
zuvor, und sei
es das Leben
und dann
unser Tod, denn darin allein
sind wir frei:
die Verwalter geliehener Güter zu sein.

JEAN KRIER

Beziehungsweise

Manchmal,
da kochst du
vor Wut.
Jeder
sein eigenes

Alles
über einen Kamm
natürlich
und ganz
geschwollen

Süppchen.
Geradezu
überschäumend.
Es gibt
nichts
zu essen.
Jeder
schert sich
einen Dreck.

daher.
Und du
solltest dich
zum Teufel.
Da bleibt
keiner
ungeschoren.
Du kochst
halt
vor Wut.
Aber
auch nur
mit Wasser.

Heute

Heute
da lohnt sich's
ja kaum noch
Diktator zu werden.
Und auch andere Karrieren
haben gelitten.
In Tibet z. B.
tragen die Götter jetzt
Brillen und sind
Angestellte bei Banken.
Überall produzieren
Dichter wie Bauern
auf Halde. Man sieht's
auf dem Bildschirm.

Wie sie alle
auf Muscheln blasen,
wie sie
mit Glöckchen klingen
und überziehen möchten.
Längst aber haben
Köche und Fußballspieler
ihnen die Show gestohlen.

CLAUDIO KÜRTEN

Und warum versuchst Du,
ja,
so verzweifelt,
es allen recht zu machen?

Weil auch Du geliebt
werden willst?

Wann begreifst Du endlich,
daß
Du
Liebe
nie
verdienen,
nie
erarbeiten,
nie
erzwingen
kannst?

Alles,
was immer Du auch tust,
wie gehorsam auch immer,
wie perfekt auch immer,
wie erfolgreich auch immer,

bringt Dir höchstens
eine gute Note im Betragen!

Und das ist doch wohl
die bitterste,
die traurigste,
die schmerzlichste Antwort

auf Deine Frage

nach Liebe.

KÄTE LEDIG-SCHÖN

Wir müssen nicht nur *auslöffeln,*
was wir uns *eingebrockt* haben,
nein, wir müssen auch noch *ausbrocken,*
was uns in früheren Jahren *eingelöffelt*
wurde!

Ein kaputter Typ
hilft dem anderen
kaputten Typen –
ob dabei etwas heil wird?

GABRIELE LINS

Wie man sich bettet…

Sie legte sich nicht
auf Seide und Daunen,
bevorzugte ebene Erde
zum Ausruhn.
Davon
bekam sie zwar blaue Flecken,
aber auch Rückgrat.

Ihr Söhne

Ihr Söhne,
ihr solltet keine Gewehre
in den Händen tragen,
solltet sie nicht so liebevoll halten,
wie einen Zweig voller Blüten.

Ihr solltet keine Kriegsgesichter haben,
solltet eher aussehn wie kleine Jungen
vor der Geburtstagstorte.
Hat man euch gesagt,
wie das ist, wenn Gewehre losgehn,
gezeigt, wie Menschen aussehn,
die sterben?

Ihr Söhne,
ich träumte heut nacht
ein Märchen,
in dem sich eure Gewehre
verwandelten,
jedes in eine Sonnenblume,
in einen Strauß hellgelber Sonnen,
und vom Krieg wurde
nicht mehr gesprochen.

ELISABETH MERU

Bestimmt

Ich fege, wische
durch mich hindurch
Dich hinaus
aus der Kammer meines Herzens
eines Tages

bestimmt

sollst du glühwürmchengleich
eine kleine Ecke
in meiner Erinnerung besitzen
schließlich
war einmal Liebe zwischen uns

Promille

Würde Sehnsucht nach wahrer Liebe
trunken machen
Du wärest längst
an einem Übermaß
von Promille
zugrundegegangen

Gosse

Hinter dunklen Augengläsern
versteckst du
selbst an trüben Wintertagen
deine müden, leergeweinten Augen.
Der Traum
von einer neuen Existenz,
wo man dich nicht kennt,
ist dir längst
zwischen warten, lieben, warten
entglitten.

Und du fällst tief,
immer tiefer,
bis sich die Gosse
mit deinen Tränen
reingewaschen hat.

JUTTA MITTELGÖKER

Wir Wohlstandsmenschen

Unsere Zähne
sind jacketkronenweiß
unser Lächeln
gemäßigt
und abgeklärt
gnadenlos auch
wie die kleine helle Flamme
die genüßlich
unsere Lord extra
verzehrt

Wir leben
freie Liebe
und lieben
unsere chromblitzenden
zärtlich gepflegten
Statussymbole
Wir sterben
am Highway
oder in sterilweißen Betten
an Drähte und Schläuche
gefesselt

Wir kaufen
uns Vergnügen
eine weiche Haut
zum Schmusen
und Jugend aus der Tube
Im lichtarmen
Garten
der kränklichen Seelen
begießen
und hätscheln
wir unsere NeuRosen

Tapferkeit?

Die Schlaflosigkeit
im Aschenbecher
gesammelt

Deinem Atem
gelauscht zwischen Tagesschau
und Weckerrasseln

Die Regentropfen
am Fensterglas
gezählt

In den Wind
gespuckt, den Mond
angeheult

Die Milchstraße
durchwandert und Träume
gepflückt

Abgestürzt
beim Schrei des Großen
Bären

Die Nacht
an den Haaren ins Licht
gezerrt

Die Angst
mit Papierkügelchen
beworfen

Der Trostlosigkeit
eine komische Fratze
geschminkt

Dem eigenen Schatten
erfolgreich auf den Kopf
getreten

Wortfackel
(für Sergio Vesely)

Wenn Sonne und Mond
sich abwenden
vor Entsetzen
über das, was Menschen mit
Menschen tun,
schleuderst du eine Fackel
über die Mauer
des Schweigens –
und das WORT
wird Licht
und das WORT
wird Tat.

HEIDRUN MÜLLER

Viele Dinge –
für dich eine Selbstverständlichkeit.
Viele Dinge –
für mich ein Zustand der Angst.
Angst,
wenn es mir nicht gut geht,
wenn ich es in mir erlebe als
ein Vulkan, der kurz vor dem Ausbruch steht.
Nur ist es so,
als kämpfe ich mit Gewalt dagegen an,
daß dieser Vulkan doch in mir bleiben möge.
So sprudelt und zittert es in mir,
und ich kann dem nicht entflieh'n.

Vielleicht sollte ich den entscheidenden
Schritt wagen
und mich einfach öffnen?

Ohne Gefühl

Du hast ein Haus,
pflegst Deinen Garten
und hegst Ordnung
ganz gewissenhaft.
Du bist nett und höflich,
hältst Distanz und versuchst,
es allen Leuten recht zu machen.

Heute, als ich Dich fragte,
ob Du traurig wärst,
merkte ich,
daß Du längst eine hohe Mauer
um Dein sauberes Grundstück
gebaut hast.

MANFRED PRAGER

Zielvorstellungen

Die Ziele
die Ziele sagte er
müssen klarer formuliert werden
wir dürfen uns nur auf das eine konzentrieren
nur noch dieses Ziel vor Augen haben

Und dann stand er bewegungslos da
etwas Übergroßes und Gewaltiges
versperrte ihm den Weg.

Balance des Glücks

Die Balance des Glücks
ich kann sie nicht wiegen
der Grat ist schmal
zwischen Egoismus
und mir wichtig sein
In der Kälte betrogen
nehme ich Wärme oft zu gerne an
und schmelze wieder mal
in mich zusammen

GERTI SATTLER-THIEBEN

Wenn deine Gefühle
dir unbekannt sind
Laß nicht
deine Kaltblütigkeit
entscheiden
Denn
wenn sie
entscheidet
ist kein Sinn mehr
im Leben des anderen.
Damit erreichst du nur
die
ungerechte Verteilung
deiner Unwissenheit.

RAINER SCHERFF

Sittenapostel

Unmoralisch,
mahnten die Pfarrer.

Anstößig,
predigten die Bischöfe.

Obszön,
tadelte der Papst.

Mein Gott!

Wenn doch
unmoralisch,
anstößig,
obszön ist,
warum
in Gottes Namen hat denn dann
der Liebe Gott
Liebe so eingerichtet.

Auf der Erde

Auf der Erde
herrschte das Chaos.
Die Unordnung war
die eigentliche Ordnung.

Dann kam der Mensch
und räumte auf.
Und gliederte
und teilte ein
und archivierte
und systematisierte
und katalogisierte
und brachte alles durcheinander.

Evolution

Zuerst
hat sich der Mensch
der Umwelt angepaßt.

Dann
hat er die Umwelt
sich angepaßt.

Und nun
hat er
in der Umwelt
Anpassungsschwierigkeiten.

SIGRID SCHERMBACH

Viel zu viel

Man geht zu leichtfertig um
mit dem Glück einen
Menschen zu lieben.
Das merkt man erst
wenn die Seele sich aufbäumt
und in den Schränken
überall Platz ist.
Viel zu viel.

ERHARD SCHÜMMELFEDER

Die Angst
vor den Schrecken
DES KRIEGES
hält sich
in Grenzen –
wenn man
phantasielos
genug ist.

Erkenntnis

Jeder Krieg beginnt
mit einer
moralischen
Niederlage:
der Kapitulation
des guten
Willens.

RENATE SCHWAB

Mein Gedicht

Mein Gedicht
ist mein Ahornblatt,
auf dem ich
durch den Alltag
schwimme,
mein Sprengstoff,
der meine
eingesperrten Gefühle
freischlägt.
Mein Gedicht
schichtet meine
Seele um.
Es sammelt
den Sperrmüll
aus meinem Innern.
Mein Gedicht
gibt mir
mich selbst zurück.

GÜNTHER SCHWARZ

Verehren und lieben

Du sagst, daß Du mich sehr verehrst,
doch nicht mehr lieben kannst.

Spürst Du den Widerspruch?

Bitte mich nie mehr,
mich nicht nach Dir zu sehnen,
mir nicht zu wünschen,
mit Dir vereint zu sein.

Denn wäre es nicht so, Liebste,
hätten wir keine Bedeutung mehr füreinander.
Es wären nur Räusche gewesen
und die kann man ausschlafen.

Ein kleiner Schritt

Als Du alles bedacht hattest,
warst Du verzweifelt,
und die Einzelteile
Deines Denkens
versperrten Dir den Weg.

Ein kleiner Schritt nur
Deines Herzens,
und der Weg war frei.

Unverständnis

Es ist so bequem Dich »hysterisch«
zu nennen
anstatt
Dir unter die Arme
zu greifen.
Sich so ganz
im Hochglanz
des Wissens zu sonnen,
während Du Dich
nur anschickst
zu Sternen zu eilen,
der Ratio
kaum Bahnen
berechnen könnte.

Es ist ja so einfach
vernünftig zu sein
und andre

aus Paradiesen
zu treiben.

Vom Leben

Um nicht zu sterben,
mußt Du:
trinken,
essen,
atmen.

Um zu leben
mußt du:
Liebe empfangen
und Liebe geben können.

Illusionen

Du stehst auf Brettern,
die Dir Welt bedeuten.
Bist nur ein Spieler,
folglich austauschbar.

Ob sie Dir pfeifen
oder Beifall spenden.
Allein Dein Geist
entscheidet Deine Tat.

Begreif des Lebens
große Illusionen
und bleibe Mensch im Welttheater,
das Dir nur kurzen Auftritt zugedacht.

Trugschluß

Gefangene im Turme
Eurer Eitelkeiten,
blickt Ihr von dessen Zinnen
hoch in das weite Land.

Seht Himmel, blau
in Tages greller Sonne
und Wolkenbilder
dort vorüberziehen.

Ihr lebt im Land
der unerfüllten Träume
und wähnt zu schauen
was Euch vorbestimmt.

So wird Euch Zukunft
scheinbar Gegenwart,
doch was Ihr wahrnehmt
ist Vorübergehen.

MICHAELA SEUL

Allmorgendlich

Jeden Morgen sah ich sie. Ich glaube, sie fiel mir gleich bei der ersten Fahrt auf. Ich hatte meinen Arbeitsplatz gewechselt und fuhr vom Ersten des Monats an mit dem Bus um 8.11 Uhr.

Es war Winter. Jeden Morgen trug sie den kirschroten Mantel, weiße, pelzbesetzte Stiefel, weiße Handschuhe, und ihr langes, dunkelbraunes, glattes Haar war zu einem ungewöhnlichen, aber langweiligen Knoten aufgesteckt.

Jeden Morgen stieg sie um 8.15 Uhr zu und ging mit hocherhobenem Kopf auf ihren Stammplatz, vorletzte Reihe rechts, zu.
Das Wort mürrisch paßte gut zu ihr. Sie war mir sofort unsympathisch. So geht es mir oft: ich sehe fremde Menschen, wechsle kein Wort mit ihnen und fühle Ablehnung und Ärger bei ihrem bloßen Anblick. Ich wußte nicht, was mich an ihr so störte, denn ich fand sie nicht schön; es war also kein Neid.

Sie stieg zu, setzte sich auf ihren seltsamerweise immer freien Platz, holte die Zeitung aus ihrer schwarzen Tasche und begann zu lesen. Jeden Morgen ab Seite drei. Nach der dritten Station griff sie erneut in die Tasche und holte – ohne den Blick von der Zeitung zu wenden – zwei belegte Brote hervor. Einmal mit

Salami und einmal mit Mettwurst. Lesend aß sie. Sie schmatzte nicht, und trotzdem erfüllte mich ihr essender Anblick mit Ekel.
Die Brote waren in einem Klarsichtbeutel aufbewahrt, und ich fragte mich oft, ob sie täglich einen neuen Beutel benutzte oder denselben mehrmals verwendete.

Ich beobachtete sie ungefähr zwei Wochen, als sie mir gegenüber das erste Mal ihre mürrische Gleichgültigkeit aufgab. Sie musterte mich prüfend. Ich wich ihr nicht aus. Unsere Feindschaft war besiegelt.
Am nächsten Morgen setzte ich mich auf ihren Stammplatz. Sie ließ sich nichts anmerken, begann wie immer zu lesen. Die Stullen packte sie allerdings erst nach der sechsten Station aus.

Jeden Morgen vergrämte sie mir den Tag.
Gierig starrte ich zu ihr hinüber, saugte jede ihrer mich persönlich beleidigenden, sich Tag für Tag wiederholenden Hantierungen auf, ärgerte mich, weil ich vor ihr aussteigen mußte und sie in den Vorteil der Kenntnis meines Arbeitsplatzes brachte.

Erst, als sie einige Tage nicht im Bus saß und mich dies beunruhigte, erkannte ich die Notwendigkeit des allmorgendlichen Übels. Ich war erleichtert, als sie wieder erschien, ärgerte mich doppelt über sie, den

Haarknoten, der ungewöhnlich und trotzdem langweilig war, den kirschroten Mantel, das griesgrämige Gesicht, die Salami, die Mettwurst und die Zeitung.

Es kam so weit, daß sie mir nicht nur während der Busfahrten gegenwärtig war; ich nahm sie mit nach Hause, erzählte meinen Bekannten von ihrem unmäßigen Schmatzen, dem Körpergeruch, der großporigen Haut, dem abstoßenden Gesicht. Herrlich war es mir, mich in meine Wut hineinzusteigern; ich fand immer neue Gründe, warum ihre bloße Gegenwart mich belästigte.
Wurde ich belächelt, beschrieb ich ihre knarzende Stimme, die ich nie gehört hatte, ärgerte mich, weil sie die primitivste Boulevardzeitung las und so fort.

Man riet mir, einen Bus früher, also um 8.01 zu fahren, doch das hätte zehn Minuten weniger Schlaf bedeutet. Sie würde mich nicht um meinen wohlverdienten Schlaf bringen!

Vorgestern übernachtete meine Freundin Beate bei mir. Zusammen gingen wir zum Bus.
SIE stieg wie immer um 8.15 Uhr zu und setzte sich auf ihren Platz. Beate, der ich nie von IHR erzählt hatte, lachte plötzlich, zupfte mich am Ärmel und flüsterte: »Schau mal, die mit dem roten Mantel, die jetzt das Brot ißt, also ich kann mir nicht helfen, aber die erinnert mich unheimlich an dich. Wie sie ißt und sitzt und wie sie schaut.«

BODO SOMMER

Bürokratie

beamte
beamte
beamte
beamte
beamte
beamte
beamte
beamte
beamte
beamte
beamte
beamte
beamte
beamte
beamte
beamte
beamte
beamte
beamte
beamte

ohne zuständigkeit...

vergeltung

einsperren und verwahren
in schließfächern gefangene
werden geändert
anstatt einsicht in straftat
züchtung von haß
rache der gesellschaft
erfolgreich vollzogen
rückfall vorprogrammiert...

wandlung

gestern war ich ein
freier Mensch
und war mir meiner freiheit
nicht bewußt

heute bin ich inhaftiert
ich weiß nun
wie wertvoll sie ist
die freiheit

obwohl ich hinter gittern lebe
bin ich frei
frei – in meinen gedanken
die niemand einsperren kann

und ich kämpfe
denn ich bin auch frei genug
rebell zu sein
um mein bißchen freiheit zu verteidigen...

STEFAN SPRANG

Westviertel

Es liegt da ein Land
jenseits der Brücke
Riecht dort nach
Putzwasser
Gießen Mütter aus voll Scham

Kinder auf Kopfsteinboden
spielen Fußball gegen
Mauern
Zu erklimmen ist mutig

Man hört die Männer reden
versaufen die Mieten mit
Bier
Dümpelt manchmal im Rinnstein

Sie sind nicht davongekommen
verfluchen sich oftmals zur
Prügel
Bleibt nur selten unsichtbar

Es liegt da ein Land
Steige am Halteschild aus
Diesseits
der Brücke, mein Land

TATJANA VON STACKELBERG

Freundschaft

Gemeinsam
aus der
bunten Palette
des Lebens
schöpfen
um das Grau
des Alltags
in den
schillerndsten
Farben
des Glücks
zu streichen –
das ist
Freundschaft.

RAINER STEFFEN

Doch

In
einträchtiger
Nachbarschaft
mit den Grenzen
meiner Kräfte
entdecke ich
immer wieder
ungeahnte
Reserven

Abstieg

Bedächtig
        steige ich
                die ausgetretenen Bohlen
                        der Wendeltreppe
                meiner Sehnsucht
        hinab
aufmerksam
        lauschend
                den Protokollen
                        der gesprächigen Stufen

Mehr

Als das SEHNEN
und die SUCHT
kürzlich in der
Jammerbucht
zwecks Fusion
zusammenkamen
und unter neuem
Firmennamen
als SEHNSUCHT
ihren Auftritt hatten,
ging manches mühsam
nur vonstatten.
Man sagte ihnen
ins Gesicht:

Allein der Name
reicht noch nicht.

Weisheit

Du fühlst dich
an Erfahrung reich,
doch weise bist du
nur zugleich,
wenn du alles,
was du kennst,
Vorspeise deiner
Zukunft nennst

Hoffnungsvolle Automatik

Auch in der
Hoffnungslosigkeit
werden Ampeln
mit präziser
Regelmäßigkeit

grün

Ermunterung

Entmutigend
abgestellt
an einer
abgelaufenen
Parkuhr
empfinde ich
das Anstecken
des Strafzettels
als zärtliche
Umarmung

GABRIELE WESPI

Arme Kinder

Mit der Zigarette im Mundwinkel stoßen
euch eure Mütter im Kinderwagen durch die Gegend,

stecken euch den Schnuller in den Mund, wenn
ihr schreit,

kaufen euch Plastik-Pistolen, nach dem Motto:
Früh übt sich, wer ein Meister werden will,

setzen euch vor die Glotze, damit sie ihre Ruhe
haben.

Keine Zeit für Kinder, okay,
dann aber bitte Zeit, um wenigstens die
Pille zu schlucken!

Falsche Verantwortung

Geheiratet wegen des Kindes,
geblieben wegen der Kinder,
gelebt für die Kinder.

Beste Voraussetzung, um ein
frustrierter Mensch zu sein.

KLAUS PETER WOLF

Verlockendes Angebot einer freundlichen aber bedingungslosen KAPITULATION

Stell dir vor, du wärst ein Baum,
stark und groß.
Endlich – nach einem langen und harten Winter –
sprießen dir wieder Blätter und Blüten.
Du ziehst Bienen an und
spürst schon den Duft der fernen Früchte.

Da kommt einer und baut sich vor dir auf.
Lässig hält er die Axt auf der Schulter.
Freundlich sagt er:
Dem letzten Winter wird ein nächster folgen,
vielleicht noch viel kälter und härter.

Da frierst du und zuckst schaudernd zusammen.
Willst du nicht lieber in die sichere Wärme
einer ölbeheizten Küche?
frohlockt der mit
der Axt.

Du könntest Schrank werden.
Oh, sag nicht gleich nein.
Nicht irgendein Schrank. Wir haben viele Modelle.
Rustikal. Jugendstil.
Streng zweckgebunden oder leicht verspielt.

Wir werden dich im Katalog ausstellen.
So. Sieh nur her. Ganz in Farbe.
Du wirst teuer sein. Doch einer wird
dich trotzdem
kaufen.

Sie werden dich mit Speisen füllen.
Dir Zucker, Mehl und Salz anvertrauen.
Du wirst Zeuge ihres Lebens werden.
Darfst dabeisein!
Als Küchenschrank.

Kein Winter wird dich plagen.
Kein Regen nässen.
Keine Sonne verbrennen.
Du wirst zwar zerhackt und poliert sein,
aber warm und trocken.

Sie werden dich herumzeigen.
Mit dir angeben.
Dem Prunkstück in ihrer Küche.
Fremde Augen werden neidisch nach dir schielen.

Stell dir vor, du wärst ein Baum.
Stark und groß.
Nach einem langen, kalten Winter
kommt der Typ mit der Axt
und macht dir sein Angebot.

Wie wirst du dich entscheiden?

Schade drum

Es war einmal ein Geschichtenerzähler,
der erzählte so schöne Geschichten,
daß alle Leute sie hören wollten.
Sie luden ihn zu sich ein
und lauschten seinen Worten.
Sie liebten ihn dafür, die Leute,
doch weil niemand das Geschichtenerzählen
für Arbeit hielt, gab ihm auch niemand Geld dafür.

So kam es, daß der Geschichtenerzähler
mitten in der Innenstadt eine Pommes-Bude
eröffnete.
Dort brät er jetzt Würstchen,
die jeder bezahlt.

Manchmal fragt ihn ein Kunde:
Sind Sie nicht der Geschichtenerzähler?
Warum haben Sie damit nur aufgehört?
Es war doch sicherlich interessanter
als Würstchen zu braten.

Das macht zweifünfzig für die Wurst
und zwei Mark für die Pommes –
vierfünfzig zusammen,
sagt der alte Geschichtenerzähler dann und
hält die Hand auf.

Sein Kunde zahlt, geht weg und denkt:
Früher war der gesprächiger.

PETER WÜRL

Eva

Erkenntnisträchtig den Apfel pflückend
als Fee vergöttert
als Hexe verbrannt
von Küssen zernarbt
Puppen spielend
zwischenspülend
und Mann und Sohn
schon wieder mal beim Militär
Laß dir nicht mehr mitspielen
spiel nicht mehr mit
im Stellungskrieg der Herzen
Herz über Kopf
auf's Glücksrad geflochten
zwischen Bitteschön und Dankesehr
angeblich gleichberechtigt
eine von denen
habe Mut zur Stärke
ich werde versuchen
den Mut zur Schwäche aufzubringen
und deine Kanten rundzustreicheln
Laß dir in dieser Halbwertzeit
wo Muttersprache mit Vaterland
Unheil zeugt
nicht die Seele regulieren
aber wisse
ich habe Heimweh
nach deiner Umarmung

An mich

Ganz unter uns
Laß doch deinen Tod auf Raten
ergreife endlich Partei für dich
warum immer Zeit gewinnen wollen
Zeit für was
ausgeleierte Bezugspersonen
im Tollwutbezirk des Alltags
dein Kopf hat Platz für viele Denkungsarten
Laß ihn instandbesetzen
wenn du dich schon verlierst dann an dich selbst
nur der Verrückte steht mitten im Leben
was soll die verwackelte Zielgruppe
du hast wohl immer noch Angst dir zu nahe zu treten
wer zwängt sich denn in Sachzwänge
gelebt wird ganz oder gar nicht
einschenken bis zum Überlaufen
du bist keine fleischgewordene Schutzbehauptung
da vorne fliegt der neue Tag
willst du mit rein

Über die Autoren

Karl-Heinz ALBERS, 63 Jahre, Bauingenieur und Schriftsteller, lebt in Höxter.

Roland ARNDT, 36 Jahre, schreibt Konzepte und Drehbücher, produziert Fernsehfilme, lebt in Hamburg. Die Beiträge sind seinem Buch »Für Dich« (Eigenverlag, 1984) entnommen.

Egon C. A. BARTH, 57 Jahre, Journalist und Redakteur, lebt in Reutlingen. Diverse Veröffentlichungen.

Hans-Joachim BERGMANN, 35 Jahre, diverse Berufe, zur Zeit Student, lebt in Wuppertal. Einschlägige Erfahrungen in der Drogenszene, jedoch seit Jahren drogenfrei.

Wolfgang BERNHARD, 41 Jahre, Lehrer, lebt in Harsewinkel/Westf. Schreibt seit 1983 Gedichte und Geschichten.
Die Beiträge wurden dem Buch »Schattenliebe« (Gauke Verlag, Hann.-Münden, 1986) entnommen.

Iris Ira BÖTTCHER, 18 Jahre, Schülerin, lebt in Essen. Mitglied im Bundesring Junger Autoren.

Lydia BOISON, lebt als bildende Künstlerin (surrealistische und abstrakte Kollagen) in Markdorf. Mehrere Ausstellungen, Veröffentlichungen eigener Gedichte im Eigenverlag.

Dr. Fritz DEPPERT, 54 Jahre, Schulleiter, lebt in Darmstadt. Veröffentlichung zahlreicher Beiträge in Anthologien und mehreren Gedichtbänden.

Bruno DONUS, 66 Jahre, freier Schriftsteller, lebt in Bayreuth. Mitglied im VS und im Werkkreis Literatur der Arbeitswelt der Gruppe 80, Bayreuth.

Peter FRÖMMIG, 40 Jahre, lebt in Freiburg. Veröffentlichung von Prosa, Lyrik und Hörspielen.

Werner GAEDE, 82 Jahre, Journalist und Chefredakteur i. R., lebt in Freiburg.

Dr. Rainer GÖDTEL, 48 Jahre, Arzt und Schriftsteller, lebt in der Pfalz. Zahlreiche Veröffentlichungen.

Dr. Horst GRASSHOFF, 35 Jahre, Arzt, lebt im Ruhrgebiet. Stammt aus Ost-Berlin, dort als Regime-Gegner mehrere Jahre inhaftiert, seit 1984 in der Bundesrepublik.

Christel HERZHAUSER, 46 Jahre, lebt in Karlsruhe. Verschiedene Veröffentlichungen, u. a. im Eigenverlag.

Peter HETZLER, 30 Jahre, nach eigenen Angaben »1000 + 2 verschiedene Jobs«, lebt in Darmstadt. Diverse Veröffentlichungen.

Hans-Dieter HORMANN, 38 Jahre, Maurer, nach Krankheit Maler und Dichter, lebt in Emmerich. Die Beiträge wurden seinem Buch »Sei kein Clown – sei Du« (Eigenverlag, 1984) entnommen.

Max HUBER, lebt in Friesenried und in Österreich. Verschiedene Veröffentlichungen im Eigenverlag.

Werner KLEINHARDT, lebt in Hanover/USA. Schreibt Gedichte und Fabeln.

Regina KOLLER, 22 Jahre, lebt bei Nürnberg. Bisher keine Veröffentlichungen.

Heinz KÖRTNER, 66 Jahre, Studiendirektor i. R., lebt in Siegen.

Jean KRIER, 37 Jahre, Lehrer, lebt in Luxemburg. Verschiedene Veröffentlichungen.

Claudio KÜRTEN, 40 Jahre, früher Industrieberater, nach schwerem Unfall »auf neuen Wegen«, lebt in München. Der Text wurde seinem Buch »Jetzt« (Eigenverlag, 1983) entnommen.

Käte LEDIG-SCHÖN, 60 Jahre, freischaffende Künstlerin, lebt in Hannover, Mitglied im VS, zahlreiche Veröffentlichungen, u. a. mehrere Bücher im Eigenverlag. Die Beiträge wurden ihrem Buch »Ein + Aus« (Eigenverlag, 1978) entnommen.

Gabriele LINS, Hausfrau und Schriftstellerin, lebt in Dormagen. Mitglied im VS, diverse Veröffentlichungen.

Elisabeth MERU, 34 Jahre, Büroangestellte, lebt in München. Erste Veröffentlichungen in Zeitungen und Rundfunk.

Jutta MITTELGÖKER, 36 Jahre, Verwaltungsangestellte, lebt in Bremen.

Heidrun MÜLLER, 23 Jahre, Erzieherin, lebt bei Celle. Bisher wenige Veröffentlichungen.

Manfred PRAGER, 26 Jahre, Student, lebt in Bochum. Bisher wenige Veröffentlichungen.

Gerti SATTLER-THIEBEN, 23 Jahre, Sekretärin, lebt in Bonn. Bisher keine Veröffentlichungen.

Rainer SCHERFF, 30 Jahre, früher Verwaltungsangestellter, jetzt Germanistik-Student, lebt in Obertshausen. Veröffentlichungen in regionalen Zeitungen, Literaturzeitschriften und im Literaturtelefon.

Sigrid SCHERMBACH, 30 Jahre, Bürokauffrau, jetzt Mutter, lebt in Dortmund.
Bisher keine Veröffentlichungen.

Erhard SCHÜMMELFEDER, 33 Jahre, Industriekaufmann, lebt in Beverungen. Schreibt seit 1977 Gedichte, Stories und Erzählungen.

Renate SCHWAB, 38 Jahre, Grundschullehrerin, jetzt Mutter von drei Kindern, lebt bei Augsburg. Bisher wenige Veröffentlichungen.

Günther SCHWARZ, 70 Jahre, Regierungsbaumeister, freier Architekt, lebt in Stuttgart. Bisher keine Veröffentlichungen.

Michaela SEUL, 24 Jahre, lebt in München. Diverse Veröffentlichungen in Zeitungen, Zeitschriften, Anthologien.

Bodo SOMMER, 35 Jahre, lebt zur Zeit in Lingen. Schreibt Gedichte und Kurzgeschichten, die in verschiedenen Zeitschriften veröffentlicht wurden.

Stefan SPRANG, 19 Jahre, Student, lebt in Essen. Mitglied im Bundesring Junger Autoren.

Tatjana von STACKELBERG, 18 Jahre, Schülerin, lebt in Dohr. Bisher keine Veröffentlichungen.

Dr. Reiner STEFFEN, 45 Jahre, Hochschullehrer, lebt in Neustadt a. R.

Gabriele WESPI, 20 Jahre, lebt in Thalwil/Schweiz.

Klaus-Peter WOLF, 31 Jahre, freier Schriftsteller, lebt in Bruchertseifen. Zahlreiche Buchpublikationen, Verfilmung seines Buches »Die Abschiebung«.

Peter WÜRL, 40 Jahre, Maschinenschlosser, lebt in Ronsberg. Bisher einige Veröffentlichungen in Zeitschriften.

**Kristiane Allert-Wybranietz –
Deutschlands bekannteste und
erfolgreichste Poetin.**

**Als Autorin einfacher,
einfühlsamer Gedichte, die mitten ins Herz
treffen und eine Grundstimmung
unserer Zeit erfassen, sowie als Herausgeberin
von Texten unbekannter
Poeten, denen sie damit ein Forum für
ihr literarisches Debüt gibt.**

KRISTIANE
ALLERT-WYBRANIETZ
Dem Leben auf der Spur
Verschenk-Texte
Originalausgabe
96 Seiten
40/23 - DM 14,–
ISBN 3-453-00549-X

KRISTIANE
ALLERT-WYBRANIETZ
Du sprichst von Nähe
Verschenk-Texte
Originalausgabe
82 Seiten
40/2 - DM 12,–
ISBN 3-453-02295-5

Wilhelm Heyne Verlag München